Isabelle

Des amours de chats

Collection Oiseau-mouche

Éditions du Phœnix

Dépôt légal, 2009

Imprimé au Canada

Illustrations : Nadia Berghella
Graphisme de la couverture : Guadalupe Trejo
Graphisme de l'intérieur : Hélène Meunier
Révision linguistique : Hélène Bard
Éditions du Phoenix

206, rue Laurier
L'île Bizard (Montréal)
(Québec) Canada H9C 2W9
Tél.: (514) 696-7381 Téléc.: (514) 696-7685
www.editionsduphoenix.com

Catalogage avant publication de Bibliothèque et Archives nationales du Québec et Bibliothèque et Archives Canada

Larouche, Isabelle, 1968-
Des amours de chats
(Collection Oiseau-mouche ; 9)
Pour enfants de 6 ans et plus.
ISBN 978-2-923425-90-0
I. Berghella, Nadia. II. Titre. III. Collection: Collection
Oiseau-mouche ; 9.
PS8573.A737D472 2009 jC843'.6 C2009-941106-7
PS9573.A737D472 2009
Réimpression 2011

Nous remercions le Conseil des Arts du Canada et la Sodec de l'aide accordée à notre programme de publication. Nous reconnaissons l'aide financière du gouvernement du Canada par l'entremise du Programme d'aide au développement de l'industrie de l'édition (PADIÉ) pour nos activités d'édition. Ainsi que le Gouvernement du Québec par l'entremise du programme du crédit d'impôt pour l'édition de livres.

Isabelle Larouche

Des amours de chats

Éditions du Phœnix

De la même auteure chez Phoenix :

Les fées à l'école, coll. Maîtres rêveurs, 2008.

Opération pièges à chats ! Tome 2, coll. Oiseau-mouche, 2007.

Shawinigan et Shipshaw, Tome 1, coll. Oiseau-mouche, 2005.

Chez d'autres éditeurs :

La partie du siècle, Éditions du soleil de minuit, 2009.

Des dollars pour Gaspar, coll. Rat de bibliothèque, ERPI, 2009

Shawinigan et Shipshaw, Tome 1, coll. Oiseau-mouche, 2005.

Opération pièges à chats ! Tome 2, coll. Oiseau-mouche, 2007.

Les fées à l'école, coll. Maîtres rêveurs, 2008.

«Le cirque arrive en ville» in *Des histoires de fous, collectif de l'AEQJ,* Vents d'Ouest, 2007.

«L'oncle Arthur» in *Bye Bye les parents, collectif de l'AEQJ,* Vents d'Ouest, 2007.

Les esprits de la forêt, coll. Sésame, éditions Pierre Tisseyre, 2006.

Des histoires à n'en plus finir, collection Caméléon, éditions Hurtubise HMH, 2006.

L'ours géant et autres histoires des peuples inuit, Éditions Syros Jeunesse, France, 2004.

«La sphère» in *Virtuellement vôtre*, collectif de l'AEQJ, Éditions Vents d'Ouest, 2004.

La légende du corbeau, coll. album du crépuscule, Éditions du soleil de minuit, 2002.

À tous les amoureux fous...
et à cette folie qui leur donne des ailes !

Ce n'est pas à cause
de l'attraction terrestre que des gens
tombent... amoureux ! ?

Albert Einstein,
célèbre physicien (1879-1955)

PRÉSENTATION

Miaou ! Je m'appelle Shipshaw et je suis un chat de gouttière. Je file le parfait bonheur depuis que la gentille Annabelle et son fils Julien m'ont adopté. Comme j'ai bon caractère et tout plein d'idées, j'ai aussi beaucoup d'amis, dont la vilaine Shawinigan, les astucieuses souris Hector et Herminette, ainsi que tous les autres rongeurs et félins du quartier.

Je suis très gourmand et mon ventre est énorme, mais tout le monde m'aime comme je suis. C'est parce que je suis toujours prêt à aider les autres et que je trouve des solutions géniales à leurs petits problèmes. Lisez mes nouvelles aventures et vous serez bien surpris !

Tout ce que je vous raconte est vrai ! Je vous le jure !

1

Plaisirs enneigés

Une neige scintillante recouvre le village de Deux-Montagnes, comme un édredon douillet. Partout, les enfants s'amusent à ériger de petits forts et à façonner des glissades. Devant leur maison de banlieue blanche aux fenêtres vertes, Julien et sa mère ont construit deux bonshommes de neige assez originaux : l'un possède un gros bedon tout rond, alors que l'autre est grand et mince.

— On dirait Shawinigan et Shipshaw, ne trouves-tu pas ? lance Julien.

— Tu as raison, déclare Annabelle en collant deux boules de neige pointues sur leur tête en guise d'oreilles. Fais-leur une longue queue pendant que je cours chercher des pailles pour les moustaches.

— Apporte aussi une grosse framboise congelée ! crie Julien.

— Pourquoi ?

— C'est pour le nez rose de Shipshaw...

Dans le boisé, près de la maison, je m'amuse dans la neige avec Shawinigan et nos petits amis Hector et Herminette. Comme c'est amusant d'observer ces souris glisser à vive allure sur des morceaux de carton.

— Tu as vu ça ? s'exclame Herminette en frottant ses mitaines sur son manteau enneigé. J'ai le cœur à l'envers d'avoir fait autant de zigzags en si peu de temps !

— Un véritable bolide ! ajoute Hector, qui réajuste sa tuque pour mieux cacher ses oreilles. Je manœuvre d'une main de maître ce prototype créé spécialement pour la glissade. Ainsi, nous évitons de heurter un arbre de trop près.

— Et si on y allait tous les quatre ensemble ?

Shawinigan ne démontre aucun intérêt pour ma proposition.

— Je préfère vous regarder, dit-elle en grognant. Moi, la neige, vous savez…

— Tant pis pour toi, que je lui réponds, déçu, mais pas étonné pour deux sous. Hé, nous avons de la visite !

En effet, trois autres chats, nos amis, Chamaille, Carmen et Charivari arrivent. Derrière eux, trois grands morceaux de carton semblent se déplacer tout seul. En

vérité, ils sont portés par des souris, prêtes, elles aussi, à dévaler la pente. Depuis notre mésaventure avec la course de bateaux sur le lac, les félins et les rongeurs du quartier sont devenus les meilleurs copains du monde. Maintenant, ils s'adonnent à toutes sortes d'activités, au lieu de se pourchasser !

Plus loin, derrière, le séduisant chat Roméo et la petite souris

Juliette traînent de la patte. Toujours aussi amoureux, ils se bécotent en se regardant dans les yeux.

— Je suis une souris très choyée, avoue-t-elle, en enfouissant son museau dans la fourrure épaisse et parfumée de son gros matou d'amour.

— La vie est si douce lorsqu'on est ensemble, lance Roméo en ronronnant dans l'air frisquet de ce bel après-midi d'hiver.

En les observant du coin de l'œil, Shawinigan fait une grimace. Elle est allergique aux histoires romantiques.

2

La lune, vraiment ?

C'est le soir de la Saint-Valentin et la pleine lune brille magnifiquement dans le ciel. La douce clarté se répand comme un voile sur la nature endormie. Épinglées sur le rideau noir et velouté de la nuit, les étoiles se font des clins d'œil. Pour célébrer l'occasion, les deux amoureux ont organisé un pique-nique sur la neige.

— Atchou ! fait la frileuse Juliette.

— Tiens, ma jolie Juju, fait Roméo avec tendresse. Enroule le bout de ma queue autour de ton cou. La longue fourrure te protégera du vent froid.

— Comme tu es attentionné, mon tendre Roméo. Tu me réchauffes si bien !

— Je ne veux pas que tu tombes malade, ma douce souris adorée.

— Dis, fait-elle d'un air racoleur. Tu m'aimes ?

— Mais bien sûr, ma pépite dorée.

— Pourchasserais-tu les méchants ratons laveurs pour me défendre ?

— Absolument, ma chère amie en sucre. Ton amour me donne du courage.

— Traverserais-tu une rue achalandée pour me sauver ?

— Aucun doute, ma petite puce.

— Me chanterais-tu la pomme durant toute une nuit ?

— Avec un délicieux plaisir, ma fleurette parfumée.

— Braverais-tu les pires tempêtes pour venir me trouver ?

— Ah ! mon trésor tant convoité, je suis prêt à tout pour te prouver mes sentiments !

— Vraiment ? Tu es prêt à tout pour moi ?

— Oui. Tout, tout, tout !

— Et… la lune, là-haut… ajoute-t-elle en pointant son

museau vers le ciel. Tu saurais aller me la chercher ?

— La lune ? répond le matou, la gorge soudainement serrée. C'est que… euh… je… bien… mais… oui, ma petite reine. Je décrocherais la lune, rien que pour toi.

— Oh ! Mon beau Roméo ! Tu es un chat merveilleux ! s'exclame l'exigeante Juliette en s'emmitouflant comme une véritable vedette dans le pelage soyeux de son amoureux angora. Je suis la souris la plus chanceuse de la planète !

***

Pauvre Roméo ! Réaliser le grand rêve de Juliette lui cause bien des tourments. Au petit matin, après une nuit blanche, découragé, les yeux rouges et le poil plus ébouriffé qu'à l'habitude, il vient me voir.

— Salut, Shipshaw, dit-il en s'assoyant sur le perron, à mes côtés.

— Dis donc, Roméo, tu n'as pas l'air dans ton assiette aujourd'hui ! Comment vont tes amours avec la belle Juliette ?

— Nos amours vont trop bien, mon ami, et c'est ça, la cause du problème...

— Est-il possible qu'une histoire d'amour aille trop bien ? Tu me racontes des bêtises. L'amour, c'est comme du gâteau, on n'en a jamais assez !

— Pffff ! fait Shawinigan, qui vient s'en mêler. On peut aussi souffrir d'une indigestion de gâteau, tu sais !

— Il s'agit d'une autre chose, déclare Roméo. Ma petite Juliette m'a demandé une faveur, et je ne peux la lui refuser. Elle veut que… enfin… que je lui décroche la lune !

— QUOI ! s'exclame Shawinigan en se roulant dans la neige. Cette fois-ci, Juliette dépasse les bornes. Quand même !

— Ne te moque pas de moi, réplique Roméo, l'air piteux. Quand on aime quelqu'un si fort, on est prêt à tout.

— Et de quelle façon as-tu l'intention de réaliser cet exploit ?

— C'est pour cette raison que je suis ici. Pour que vous

m'aidiez, Shawinigan et toi. Juliette est aussi précieuse que la prunelle de mes yeux et je ne veux pas la décevoir. Tous ensemble, nous trouverons une solution à mon problème.

3

Ah ! L’amour…

— Juliette exagère ! s’écrie Shawinigan, indignée, en regardant le pauvre Roméo s’en aller.

— Chut ! pas trop fort, dis-je en murmurant. Tu vas décourager

Roméo. Il est assez désemparé comme ça ! Nous trouverons bien un moyen de lui venir en aide. Toi, tu ignores tout des choses de l'amour.

— Que veux-tu dire ? Nous sommes des amis et c'est bien mieux ainsi ! Nous partageons le sofa, les mamours de Julien, les gâteries d'Annabelle et le perron devant la maison. Mais je ne serai jamais assez folle pour donner mon cœur aussi aveuglément, comme le font Roméo et Juliette.

Je n'ose rien ajouter. Je connais Shawinigan comme si je l'avais tricotée. Elle a ses idées et je les respecte. Et puis l'amour prend plusieurs formes : il y a l'amour que je ressens pour ma mère, mes frères et mes sœurs. Même si je ne les ai jamais revus depuis qu'on m'a trouvé dans la rue, je pense à eux quand même !

— Hé ! Ça va ? demande Shawinigan en voyant une larme perler sur mes joues poilues.

— Tu sais, Shawinagou, je t'aime comme si tu étais ma petite sœur…

— Espèce de gros minou au cœur tendre comme un melon d'eau, tu es tellement sensible… Tu découvriras bien le meilleur moyen pour aider le beau Roméo ! Et compte sur moi pour te seconder. Tu ne peux pas te passer de mon mauvais caractère.

***

Nous faisons face à un problème de taille. Pour le résoudre, tous nos amis, chats et souris, doivent collaborer. Nos braves compagnons Hector et Herminette ont déjà construit un avion, le *Merle II*. Mais ce petit appareil, conçu à partir d'objets volés un peu partout dans la maison, ne pourra jamais se rendre jusque dans l'espace. Oublions aussi le bateau que nous avons bâti l'automne dernier. Ce serait insensé d'y penser. Mais comment peut-on envoyer un chat sur la lune ? Et Roméo pourra-t-il en donner un morceau à sa dulcinée en gage d'amour ? À moins que... oui ! C'est ça ! J'ai une idée...

4

La conquête de l'espace

— As-tu entendu parler de cette réunion chez Shawinigan et Shipshaw ? chuchote l'énorme chat Cachalot à Sushi.

— Oui, prononce le félin vif et intelligent, sans faire bouger ses moustaches raides comme des baguettes japonaises. Encore un projet incroyable auquel nous sommes tous invités à participer.

— Les souris aussi ?

— Tout le monde doit y travailler.

— Mais qu'est-ce que c'est au juste ? demande Cachalot qui, à cause de son gros bedon, a du mal à suivre le svelte Sushi dans la neige.

— Tu verras. Dépêche-toi ! Nous allons être en retard !

***

Les chats et les souris s'installent autour des deux étranges bonshommes de neige construits par Julien et Annabelle.

Tous s'exclament devant la ressemblance…

— Silence ! lance Shawinigan après un moment. Oui, je sais… Cette sculpture grotesque est censée me représenter. Et puis après ? Vous feriez mieux d'écouter Shipshaw.

— Mes bien chers amis, dis-je d'un ton solennel. Je fais appel à votre grand cœur et à votre ingéniosité pour accomplir un exploit unique. Roméo a un rêve qu'il ne peut réaliser seul. Il a besoin de nous.

— Bonjour, commence Roméo en faisant un timide clin d'œil à sa Juliette, toute pâmée. J'ai promis à ma douce de voler jusqu'à la lune et de lui en rapporter un morceau. Ce voyage peut vous paraître de la pure folie, mais Shipshaw, épaulé du bon vieux Hector, m'assure que c'est possible, ajoute-t-il en montrant une feuille de papier bleu.

— Voici les plans pour construire une véritable fusée. Avec votre aide, nous enverrons le premier chat dans l'espace !

— Non, mais… C'est dangerrrreux, ça ! s'exclame Carmen, la chatte espagnole.

— Et avec quoi bâtirons-nous cet engin, hein ? demande Chamaille, de son habituel ton bourru.

— Tout est déjà planifié, déclare Hector pour les rassurer. Parole de souris !

5

Une découverte troublante

La mise en chantier débute donc dans le boisé. Le tout s'effectue à l'abri des regards ; nous ne courons aucun danger de nous faire repérer. Sauf qu'il y a maintenant plein d'objets qui disparaissent dans le village et cela doit exaspérer les habitants ! Par chance, nous savons être discrets !

Hector dirige l'ensemble des opérations. Shawinigan et moi avons la tâche de superviser le projet afin qu'il se déroule sans problème. Avec les chats et les souris du quartier, nous formons une équipe du tonnerre.

Chamaille, un chat très musclé, se bataille tout le temps. Son épaisse et longue fourrure s'emmêle et elle est recouverte de touffes de poils. Très rapidement, il s'est taillé une réputation de gardien des poubelles contre les invasions nocturnes des ratons laveurs. Chamaille est donc désigné pour dénicher les quatre contenants nécessaires à la construction du corps de la fusée. Le voilà qui arrive avec le dernier, secondé par Charivari, le chat le plus gaffeur de toute la galaxie !

— Hé ! grogne Chamaille. Je t'ai dit de pousser la poubelle dans *ma* direction. Pas dans le ravin !

— Ce n'est pas ma faute si ça roule vite ! Euh... Comment veux-tu que je freine son élan ? Elle dévale la pente à toute vitesse !

Carmen habite au-dessus de la quincaillerie de ses maîtres. Avec l'aide d'autres souris, elle n'a aucun mal à « emprunter » quelques rouleaux de ruban adhésif ultracollant.

— Parfait ! s'écrie Hector en applaudissant. Nous pouvons maintenant assembler la fusée à étages. Une fois cette étape terminée, Sushi et Cachalot s'occuperont de percer une porte et un hublot sur la paroi de la quatrième poubelle.

— Et avec quoi ferons-nous ça ? demande Cachalot, soudain épuisé à la pensée de travailler.

— Avec des ciseaux à métal, dit Sushi qui est rapide comme l'éclair et qui a réponse à tout.

— Est-ce qu'on peut mettre un petit coussin dans l'habitacle ? propose Herminette. Notre cher aventurier appréciera certainement ce confort durant son long voyage jusqu'à la lune.

— Quelle bonne idée ! s'exclame Juliette, touchée par l'attention spéciale de son amie. Il n'y a que toi pour penser à ces charmants détails pratiques ! Je me charge d'apporter un coussinet en satin rouge pour mon amoureux. Au fait… où est-il, mon beau Roméo ? Vous avez vu mon Roméo ? ROMÉO !

— Il était ici il y a une vingtaine de minutes, dis-je, sans vraiment la rassurer.

— C'est lui qui surveille le chantier, lui rappelle Shawinigan. Il fait une tournée autour du boisé.

— Allons voir ! propose Juliette, encore plus préoccupée qu'avant. Il est parti depuis trop longtemps.

— Nous t'accompagnons, déclare Chamaille en lui emboîtant le pas.

Au fond d'un ravin, près du stationnement de la gare, nous

repérons enfin Roméo, allongé de tout son long, face contre terre. Je ressens alors un pincement au cœur qui me donne la nausée. Nos pas s'arrêtent net et nous retenons notre souffle. J'espère que rien de grave n'est arrivé à notre ami !

Juliette s'avance doucement vers son bel amoureux, toujours immobile dans la neige blanche.

— Ro… Roméo ?

L'émotion l'empêche de prononcer le prénom de celui qu'elle aime tant.

— Ça… ça va ? poursuit-elle d'une voix faible.

Nous demeurons silencieux. Mais la belle queue touffue du matou angora remue un peu, puis sa tête tourne vers sa douce amie qui, soulagée d'un grand poids, respire enfin.

— Ciel, merci ! Tu n'as rien ! J'étais certaine que tu... qu'une auto... t'avait heurté...

— Je vais bien, s'empresse de répondre Roméo pour nous rassurer. La tête enfouie dans ce petit trou, je ne vous avais pas entendus arriver. Une petite chatte se tient cachée tout au fond et elle a besoin d'aide. N'approchez pas tous en même temps. Elle est si effrayée...

— Est-elle est blessée ? s'informe Chamaille.

— Non, je ne crois pas.

— Est-elle coincée ? demande

Charivari, qui est souvent confronté à de telles situations.

— Pas vraiment, lance Roméo. Elle a juste très peur, la pauvre... Elle s'appelle Chanelle, ajoute-t-il, les yeux pleins de tendresse.

Au même moment, j'ignore pourquoi, le visage de Juliette devient blanc ou plutôt vert, comme si son cœur venait soudainement de s'arrêter de battre...

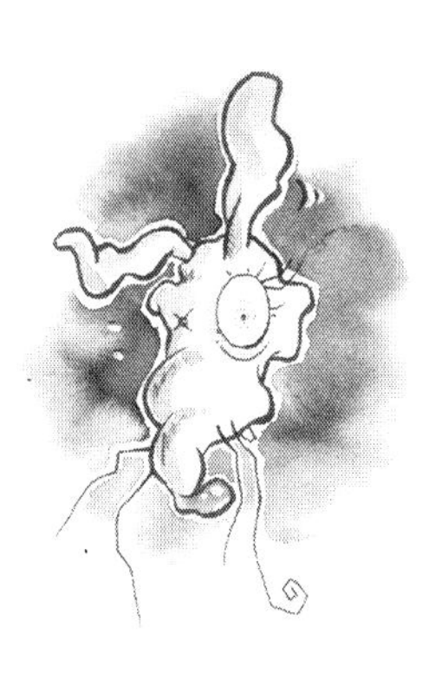

6

Un accueil chat-leureux

Même s'il lui parle doucement depuis un bon moment, Roméo n'arrive pas à convaincre Chanelle de sortir de son refuge. Tour à tour, une ribambelle de chats défilent devant sa cachette pour l'inviter à venir les retrouver. Chacun à sa façon, bien entendu.

Chamaille échoue lamentablement à cause de ses manières un peu rustres. Sushi aussi, en raison de ses grandes théories trop compliquées. Shawinigan est nulle pour rassurer qui que ce soit, et Charivari raconte tout le temps des balivernes. Bref, lorsque Cachalot s'approche, gros comme une baleine, la pauvre petite se met à trembler de tout son corps.

— Laissez-moi lui parrrler ! s'exclame finalement Carmen en bousculant les autres.

D'habitude, la chatte espagnole sait comment s'y prendre avec les chats. Elle est franche et ne mâche pas ses mots. J'ai confiance en elle. Carmen va réussir à persuader Chanelle de sortir de son trou.

— Shipshaw ? dit-elle après quelques secondes. Chanelle désirrre te parrrler. Puisque tu t'es déjà perrrdu comme elle, tu comprrrends sa situation mieux que quiconque.

— Euh… d'accord, dis-je en bafouillant. Je vais essayer…

Je m'allonge sur la neige pendant de longues minutes. Je lui parle de l'escalier sous la boulangerie, de ma famille que je n'ai jamais oubliée, de la dame pressée qui ma trouvé dans la rue, du vétérinaire qui a refusé de m'héberger, puis d'Annabelle et Julien qui ont bien pris soin de moi.

Chanelle me raconte ensuite son histoire. Elle est née en ville, comme moi, mais dans une maison. Elle pensait y recevoir beaucoup d'amour jusqu'au jour où ses maîtres l'ont abandonnée ici, à la gare.

— Je ne comprends pas pourquoi ils ont posé un tel geste, dit-elle en sanglotant. C'est si cruel !

— Peut-être qu'ils sont allergiques aux chats…

J'ai parlé sans réfléchir. C'est difficile à croire que des humains puissent se débarrasser ainsi d'un animal. Mais on n'y peut rien. Il faut plutôt dénicher une maison où Chanelle sera sincèrement aimée.

— Nous, tes nouveaux amis, t'aiderons à trouver un bon refuge. En plus, Carmen connaît beaucoup de gens qui fréquentent la quincaillerie. Je suis certain qu'une gentille famille d'adoption se présentera dans les prochains jours. Viens avec moi. Je te promets que tout ira mieux…

Chanelle sort finalement de son abri enseveli sous la neige. L'adorable petite chatte reçoit un accueil chaleureux de la part de tous mes amis félins, et même des souris réunies à l'orée du boisé. Tenaillée par la faim et l'angoisse, la pauvre tremble de froid sous sa fourrure sale et emmêlée. Chanelle plisse son museau tout mignon afin de protéger ses prunelles d'émeraude du soleil brillant qui reflète sur la neige. Elles sont vertes comme deux pommes, belles à croquer. Elle ose un sourire timide pour saluer tout le monde, puis elle s'avance vers Roméo. Sous les yeux horrifiés de Juliette, Chanelle dépose un léger baiser glacé sur le nez du beau matou.

— Merci, Roméo. Tu m'as sauvé la vie, murmure-t-elle en rejoignant Carmen.

***

— Je n’aime pas cette chatte ! déclare Juliette, indignée.

— Mais voyons, ma douce Juju… fait Roméo. Ses maîtres l’ont abandonnée ici avant de disparaître dans le train. En plein hiver en plus !

— Tu as remarqué les yeux qu’elle te fait ? réplique la petite souris.

— C’est normal, je suis le premier à lui avoir porté secours, ma puce en sucre. Elle tenait simplement à me remercier, c’est tout !

Roméo fait des efforts afin de calmer Juliette, mais la colère de celle-ci gronde tellement que la neige fond sous ses pattes rosées et menues. Elle ne veut rien entendre. Elle est verte de jalousie.

***

— Et dire que c'est Juliette qui m'a déjà enduit de peinture verte… murmure Charivari à mon oreille. Te souviens-tu, cher Shipshaw, de cette époque où les souris construisaient des pièges à chats ?

— Cet épisode est impossible à oublier… Mais cette fois-ci, Roméo fait face à un problème plus grave que celui de se faire raser le toupet.

— Alors, on continue quand même la construction de la fusée ?

— Plus que jamais, mon cher Charivari ! Maintenant, le beau Roméo a une raison de plus de prouver son amour à sa dulcinée…

7

Qui renifle ?

Notre projet nécessite un véritable travail d'équipe. Les souris apportent le matériel et aident les chats à l'assembler au corps de la fusée. Si tout va bien, ils auront terminé avant la prochaine pleine lune.

Triste de voir son amoureuse encore froissée, Roméo reprend son poste aux abords de la forêt.

Contrariée, Juliette ne lui parle plus. Elle fait de grands détours pour éviter la quincaillerie où Chanelle fait les yeux doux pour que quelqu'un la remarque enfin et l'adopte.

— Shipshaw, il faut discuter avec Juliette, fait Roméo. Toi seul sauras lui faire entendre raison.

— Mon pauvre Roméo, dis-je en retenant mon rire. Tu es un véritable séducteur de ces dames ! Tu es victime de ton irrésistible charme ! Mais tu lui apporteras un morceau de lune à ta Juliette ! Parole de Shipshaw !

— Merci, mon ami. Je te revaudrai ça un de ces jours.

— En amitié, comme en amour, c'est la générosité qui compte. Et puis, ça me fait plaisir de t'aider…

— Il y a autre chose qui me tracasse, continue Roméo. Plusieurs chiens rôdent dans les parages depuis quelques jours. Ils reniflent partout et ça me dégoûte.

— Tu crois qu'ils soupçonnent quelque chose ?

— Les humains doivent s'être aperçus que des objets disparaissent de leur maison, dit Roméo. D'après moi, ils ont alerté la police et ces chiens travaillent pour eux.

— Écoute, Roméo. Tu as sans doute raison de t'inquiéter, mais je doute que ces chiens collaborent avec les policiers. Il ne faut pas exagérer ! Pour ce qui est de Juliette…

— Je sais… dit Roméo. C'est moi qui dois la rassurer. Elle est ma petite pépite d'amour, mon sucre d'orge, mon soleil à quatre pattes, ma fleurette parfumée, mon trésor si convoité, mon jujube enrobé de miel, ma…

Tandis que Roméo essaie de reconquérir le cœur de sa belle Juliette, je cours en direction de la fusée pour discuter avec Shawinigan, Hector et Herminette de ce nouveau problème.

— Des chiens ? demande Shawinigan, indignée. Je déteste ces animaux. Pouah !

— Du calme, Shawinigan ! lance Herminette. Ils sont curieux, tout comme nous. Y a pas de mal à ça !

— S'ils veulent renifler, eh bien, qu'ils reniflent ! ajoute Hector. Dans la mesure où ils ne compromettent pas notre projet, qui est presque terminé d'ailleurs.

— Justement, dis-je en m'assurant que personne ne nous écoute, il y a certains petits détails que j'aimerais régler avec toi, cher Hector.

— Tu parles de…

— Chut ! Pas si fort ! Ça doit rester entre nous, bien sûr.

— Ne t'inquiète pas, Shipshaw. Je vais chercher le morceau de « tu-sais-quoi » au supermarché.

— Et le breuvage aux herbes ?

— Je m'en occupe, répond Herminette en faisant un clin d'œil coquin. Une vieille recette de famille…

8

Encore du chat-bottage ?

La construction de la fusée est maintenant terminée ; celle-ci se dresse fièrement au milieu du boisé. Le lancement est prévu pour demain matin. Chats et souris en profitent pour se reposer avant le grand jour. Épuisés, Shawinigan et moi partageons le sofa de Julien et d'Annabelle.

Devant la quincaillerie, Chanelle espère toujours être adoptée. À dire vrai, sa fourrure sale et froissée n'est guère attirante. La pauvre a un urgent besoin d'être brossée et lavée. Herminette, attentionnée, lui apporte de petites gâteries à grignoter.

— Comment puis-je vous remercier, madame la souris ?

— En ne pourchassant pas les souris dans les parages, bien entendu ! répond Herminette. As-tu froid ?

— Non, pas vraiment. Les maîtres de Carmen me permettent

d'entrer à ma guise dans le magasin, où un bol de nourriture m'attend.

— Tant mieux pour toi. Au fait, continue la petite créature moustachue avant de repartir, tu es invitée au lancement de la fusée demain soir.

— Merci de penser à moi. Vous êtes tous si gentils…

Un peu plus loin, un membre de la force canine s'avance en reniflant le long du trottoir. Le poil hirsute, la queue basse et les oreilles dressées, il s'approche de la chatonne abandonnée.

— Dis donc, grogne-t-il. Tu es nouvelle ici, non ?

— Oui, répond Chanelle en plissant le nez.

— Nous, les chiens, nous n'aimons pas les chats.

— Je sais…

— En plus, les chats de ce quartier agissent de façon étrange, alors méfie-toi.

— Au contraire… je trouve qu'ils sont…

— TAIS-TOI ! jappe le berger allemand sans médaille au cou. Tu vas gentiment me dire ce qui se passe dans la forêt, sinon je ne fais qu'une bouchée de toi.

— Non, monsieur le chien, il n'en est pas question.

— GRRRRRRRRRR ! fait le chien, hargneux.

***

Comme chaque matin, Julien me laisse lécher les dernières gouttes de lait dans son bol de céréales. Cette gâterie n'est pas très bonne pour mes dents, mais je ne m'appellerais pas Shipshaw si je n'étais pas gourmand ! À peine ai-je terminé de me laver la patte que j'entends gratter à la porte. C'est Carmen.

— As-tu vu Rrrroméo ?

— Non, pourquoi ?

— Il a disparrru…

— Quoi ? Mais c'est impossible !

— Chanelle est intrrrouvable aussi.

Qu'est-ce qui a bien pu arriver ? Devant la quincaillerie, Shawinigan et moi tombons sur quelques touffes de poils appartenant à notre amie. Les traces dans la neige indiquent qu'il y a eu une bataille. Mais qui s'est battu ? Et avec qui ?

Un peu plus loin, nous retrouvons Juliette, qui bouillonne comme un gratin de fromage.

— Ah ! Le scélérat ! Le traître ! Le vaurien ! L'ignoble chat ! Je savais bien qu'il fallait se méfier de cette Chanelle ! Elle l'a ensorcelé de ses yeux doux puis il est parti avec elle.

— Je suis bien placé pour savoir que Roméo ne se conduirait jamais de la sorte, dit Shawinigan pour la calmer. Il est fou de toi, ma belle Juliette !

— Et puis, il veut tellement aller sur la lune pour te prouver son amour !

— Non, Shipshaw. Cette idée, c'est de la pure folie. Aucun chat ne peut s'envoler dans une fusée pour décrocher un morceau de lune. J'ai été idiote de lui demander l'impossible. C'est pourquoi il est disparu avec cette… cette… chatte angora !

La pauvre Juliette éclate en sanglots. Rien à faire, j'ai beau essayer de la consoler, je n'y arrive pas.

— Ne t'en fais pas, lui dis-je enfin. Nous le retrouverons, ton doux matou d'amour. C'est promis !

9

Prise d'otage

Afin de retrouver nos deux amis disparus, nous avons besoin de renfort. Pour cela, Chamaille est le chat par excellence. Il est fort et n'a peur de rien.

— Quoi ? Il y a eu une bataille et je n'ai pas été invité ? s'exclamet-il, les griffes sorties et le poil dressé sur le dos.

— Ne sois pas stupide. Ces malotrus n'ont pas touché à tes poubelles.

— Il s'agit de la pauvre Chanelle, continue Shawinigan.

— QUOI ? Ah, non ! Les ratons laveurs ont un sale caractère, mais jamais ils ne s'en prendraient à une petite chatte abandonnée.

— Nous croyons plutôt avoir affaire à des chiens…

— Là, mon ami, tu marques un point. Je sais qu'ils rôdent dans le boisé. Mais je dois t'avouer que combattre ces bêtes aux longues canines, ce n'est pas ma tasse de thé.

— Alors, je vais rassembler tout le monde, dis-je d'un ton décidé. L'union fait la force, n'est-ce pas ?

Et c'est ainsi qu'un curieux convoi de chats et de souris déambule dans les rues de Deux-Montagnes. Nous cherchons partout autour des maisons, sous les arbres et derrière les bancs de neige accumulés le long des trottoirs. Toute la matinée, nous avons tenté de retrouver nos amis, sans résultat. Nous avons reniflé toute trace dans la neige et tendu l'oreille pour trouver des indices, sans succès.

— J'ai peur qu'il leur soit arrivé quelque chose de très grave, déclare Charivari, inquiet.

— Ne nous décourageons pas tout de suite, dit Hector. Poursuivons plutôt l'hypothèse de l'enlèvement. Nos présumés coupables sont sans doute ces chiens errants qui ont été aperçus près de la gare, n'est-ce pas ?

— Oui, répond Sushi. Pas loin de l'endroit où nous avons construit…

— LA FUSÉE ! crie Chamaille. Pourquoi n'y avons-nous pas songé avant ?

Quelle folie ! Nous avons cherché partout dans le quartier sans jamais penser à retourner dans le boisé ! J'espère seulement qu'il n'est pas trop tard... Pour accélérer les choses, les souris sautent sur le dos des chats et s'agrippent à leur fourrure. Un peu plus loin, dans le détour, un groupe de ratons laveurs nous voient filer à toute allure.

— Hé ! lance le voleur de poubelles. Est-ce qu'il y a le feu ? Où allez-vous comme ça ?

— Au boisé ! répond Chamaille, tout essoufflée. Deux de nos amis sont… pfffffff ! aux prises avec… pffffffff ! ……des chiens !

— Des chiens ?

Ça va barder, réfléchit le raton laveur avant d'interpeller ses amis occupés à fouiller dans les ordures.

— Hé, les gars ! Vous avez entendu ? Il va y avoir de la bataille !

C’est ainsi qu’une armée de cinq énormes ratons laveurs se joint à nous pour voler à la rescousse de Roméo et Chanelle.

— Chut ! fait Hector à mon oreille. Je remarque quelque chose à côté de la fusée…

En effet, je distingue aussi un groupe de chiens rassemblés près de notre invention. On les entend grogner, même de l’endroit où nous nous cachons. Je fais signe aux autres de demeurer silencieux.

— Nous allons les prendre par surprise, propose Chamaille. À mon signal, on leur saute dessus !

— Attendons un peu, suggère Sushi. Il faudrait comprendre ce qu'ils sont en train de comploter.

— Est-ce que vous voyez Roméo ? chuchote Juliette.

— Et Chanelle ? s'informe Carmen à son tour.

— Pas encore, répond Shawinigan. Ces affreuses bêtes les encerclent.

La situation est critique. Nos deux amis sont tenus en otage par trois méchants chiens. Nous devons trouver un moyen de les sortir de là et éviter toute effusion de sang. Descendu de mon dos, avec une idée en tête, Hector cherche quelque chose sous la neige. Les autres petites souris le suivent discrètement. Au bout d'un moment, Hector se tourne vers nous et annonce :

— Voici ce que nous allons faire…

10

Un plan d'attaque

— Vous êtes sûrs que ça va fonctionner ? demande Charivari.

— Seulement si tu te tiens à l'écart, espèce de chat gaffeur, siffle Shawinigan entre ses dents.

— Hé, ce n'est pas le moment de plaisanter, chuchote Hector

pour les ramener à l'ordre. Vous, les ratons laveurs, écoutez bien. À mon signal, vous vous approcherez du peloton ennemi. Ensuite, vous attirerez l'attention des chiens sur vous.

— Et, s'ils veulent se battre, nous serons prêts ! lance le chef des ratons laveurs.

— Je vous accompagnerai avec plaisir ! ajoute Chamaille, qui ne rate jamais une occasion de se bagarrer.

— Il n'y aura pas de bataille, dit Hector pour trancher. Les ratons tenteront une manœuvre de diversion. Les chiens tomberont dans le piège tendu par les autres souris. Et vous, les chats, vous irez à la rescousse de Roméo et Chanelle.

J'ignore comment Hector fait pour penser à tous ces détails en si peu de temps. Sa petite tête est tellement pleine d'idées !

Le plan fonctionne à merveille. Les ratons laveurs avancent vers le camp adverse et, mine de rien, reniflent la fusée construite de poubelles empilées, puis entament une conversation avec les chiens.

— Salut, les gars, dit le plus gros des voleurs masqués.

— Grrrrrrrrrrrr ! fait un premier chien. Laissez-nous tranquilles, nous sommes occupés !

— Occupés à martyriser deux pauvres chats, lance le raton laveur, d'un ton narquois. De gros méchants comme vous… n'avez-vous rien de mieux à faire ?

— Mêle-toi de tes oignons. Nous voulons savoir ce qu'ils font avec cet… engin, mais ces malheureux refusent de parler.

— Ah, ça ? poursuit le raton. C'est à moi !

— La fusée ?

— Exactement. Vois-tu, je suis… euh… un artiste… et cette œuvre est ma toute dernière réalisation. Elle est jolie, non ?

— TU MENS ! grogne le chien en montrant ses longues dents. Nous observons les chats ct… ces autres petites vermines depuis des jours.

— C'est… un travail d'équipe… lance le raton sur un ton hésitant. Approchez-vous ! Si vous êtes gentils, je vous permettrai de l'essayer !

— Pourquoi ? Ça fonctionne vraiment, ce truc ?

— Évidemment que ça fonctionne, réplique le raton laveur en se tournant légèrement vers nous, alors que nous sommes tous bien cachés derrière les arbres enneigés.

— Mais ce ne sont que des poubelles empilées les unes sur les autres, riposte le chien d'un air moqueur.

— Tsk ! Tsk ! Tsk ! rouspète le gros raton. Vous êtes des ignares, vous, les chiens. N'avez-vous pas vu les leviers et les commandes dans la cabine de contrôle ?

Là, je me demande bien où ce raton laveur va chercher tout ça. Il ne connaît rien à notre projet ! On ne retrouve ni circuits électriques ni gouvernail dans cette fusée artisanale. Mais j'avoue qu'il est doué, cet enjôleur masqué, parce que les chiens avancent vers la fusée, reniflent les traces dans la neige, puis s'éloignent peu à peu de Roméo et de Chanelle, complètement paralysés par la peur.

— Hé, Jos, dit un des trois chiens, trouves-tu que ça sent les sour…

Le chien n'a pas le temps de terminer sa phrase qu'un large filet tombe directement sur les trois méchants qui aboient de colère. Plus ils s'agitent, plus ils s'emmêlent dans les fils. Les

astucieuses souris continuent de ficeler les chiens comme s'il s'agissait de gros saucissons. Agrippés à une branche, d'autres petits rongeurs applaudissent de joie.

— Bien fait pour eux ! crie Carmen, tremblante d'émoi, qui s'empresse de retrouver Chanelle et Roméo pour les réconforter.

— Vous avez ce que vous méritez, ajoute Shawinigan, qui a horreur des chiens.

— J'espère que cela vous servira de leçon, espèces de polissons, crache Juliette, en regardant son Roméo tout penaud.

— Ma Juju… fait le beau chat angora en pleurant, alors qu'il accourt vers sa dulcinée. J'ai eu si peur de ne plus jamais te revoir…

— Vraiment ? fait-elle en repoussant l'étreinte de son amoureux. Et c'est pour cela que tu es allé te promener avec cette… enfin, *tu sais qui*, dans la forêt ?

— Je suis venu dans la forêt parce que j'ai entendu des bruits, ma douce. J'ai pensé que quelqu'un venait saboter la fusée. C'est là que j'ai trouvé les chiens… et Chanelle. Puis, nous avons été faits prisonniers.

Emmaillotés dans leur filet, les chiens n'en croient pas leurs yeux. Des chats, des souris, et des ratons laveurs qui complotent ensemble ! Mais qu'est-ce qui se passe ici ? C'est le monde à l'envers ou quoi ?

— Une profonde amitié nous unit, dis-je en guise d'explication aux trois toutous.

— Rendez-nous notre liberté ! demande l'un d'eux, l'air grognon.

— Seulement si vous nous promettez de ne plus jamais nous importuner, dis-je en faisant un clin d'œil aux souris qui rient de bon cœur…

11

Un chat sur la lune !

La nuit s'installe en douceur. Nous sommes à peine remis de nos émotions et il faut maintenant songer à notre projet, c'est-à-dire envoyer Roméo sur la lune ! Les nuages dans le ciel cachent les étoiles et la lune, mais cela n'empêche pas notre amoureux aventurier de rassembler son courage pour prouver son amour à sa belle.

— Après tout ce qui est arrivé, tu devrais plutôt te reposer, lance Juliette, qui a pitié de son valeureux prétendant.

— Je t'ai promis la lune et j'irai te la chercher ! fait Roméo sur un ton insistant. Et puis, nous ne laisserons pas tomber nos amis non plus. Ils ont travaillé si fort pour construire cette fusée !

Les préparatifs sont maintenant terminés et tout ce petit monde se rassemble autour de l'engin pointé vers le ciel. Les trois chiens, enfin libérés, nous ont demandé d'assister au lancement.

Il faut dire que l'extraordinaire performance du raton laveur a piqué leur curiosité.

Mais le futur astronaute est inquiet.

— Les nuages n'empêcheront-ils pas la fusée de s'envoler jusqu'à la lune ? demande Roméo, les oreilles rabattues, le regard tourné vers Hector.

— Au contraire, mon cher. En hiver, un ciel nuageux indique que la traversée sera remplie de neige. La fusée glissera beaucoup mieux !

— Et ça ? demande encore Roméo en pointant l'objet que lui remet Sushi. Qu'est-ce que c'est ?

— C'est une égoïne, précise Hector, qui a réponse à tout. Une fois rendu assez près de la lune, tu n'auras qu'à la sortir de ton hublot et scier le fil qui la retient dans l'espace. Si tu ne parviens pas à l'atteindre, contente-toi d'en couper un morceau.

— Et vous croyez que ça va fonctionner ? demande encore notre héros.

— Tu ne fais pas confiance à notre ingénieur ? ajoute Herminette qui s'avance avec un plateau sur lequel elle a déposé des verres et une bouteille. Hector a tout prévu, n'est-ce pas mon chéri ?

Pour souligner ce moment historique, j'invite Juliette à s'approcher de Roméo pour la cérémonie du départ.

— À tous mes amis ici réunis... dis-je en faisant un clin

d'œil aux chiens sagement assis, les oreilles dressées. Je vous remercie de votre aide. Grâce à vous, Roméo pourra réaliser son exploit, qu'aucun autre chat n'a osé tenter avant lui… Et c'est par amour pour sa belle Juliette, ici présente, qu'il a eu le courage d'aller jusqu'au bout, malgré les dangers. Voici pourquoi nous leur offrons, rien qu'à tous les deux, ce breuvage savamment préparé par notre bonne Herminette.

— C'est une vieille recette de famille, fait la petite souris, en versant le liquide verdâtre dans les deux verres. Buvez d'un seul coup !

Cérémonieusement, Roméo et Juliette trinquent à leur amour en se regardant droit dans les yeux.

Ensuite, comme le suggère la coutume, pour apporter la chance à tout navire avant un long voyage périlleux, je prends la bouteille et je la fracasse sur le corps de la fusée. Quelques gouttes du breuvage éclaboussent les pattes des chiens, qu'ils s'empressent de lécher…

Sous un tonnerre d'applaudissements, notre héros monte à bord du véhicule spatial, puis s'installe sur le coussinet de satin. Sans plus tarder, Hector entame le décompte, que tous accompagnent à l'unisson.

— Cinq… quatre… trois… deux… un…

Des vrombissements se font entendre sous l'appareil. Un nuage de fumée blanche et épaisse enveloppe la fusée. Nous pouvons entrevoir Roméo, à l'intérieur de sa cabine, qui se frotte les yeux. Sous le poids des émotions trop intenses, la pauvre Juliette s'évanouit… et bizarrement… les trois gros méchants chiens aussi…

12

Mission accomplie

— Vite ! Nous n'avons pas une minute à perdre ! Dépêchez-vous ! ordonne Hector.

— Qu'est-ce qu'on fait avec Juliette ? demande Charivari, un peu déboussolé par toute cette agitation.

— Soulève-la doucement, puis viens l'étendre sur cette couverture, dit Herminette. Fais attention de ne pas la réveiller ! Nous n'avons pas encore terminé !

Pendant ce temps, Chamaille surveille les chiens, eux aussi profondément endormis. Autour de la fusée qui n'a pas bougé d'un poil, les ratons laveurs s'affairent à déblayer le site des sacs de farine éventrés.

— Pas folle, l'idée de Sushi, complimente l'un d'eux. Au moment du décollage, ça ressemblait vraiment à de la fumée !

— Chef, fait un autre raton laveur, pourquoi est-ce toujours nous qui nettoyons les dégâts ?

— Penses-y un peu, gros bêta, et puis, ça ne me dérange pas d'aider ces chats. Je les trouve si sympathiques !

Parti depuis une dizaine de minutes, Cachalot revient tout essoufflé.

— Pfffffff.... Ce que ça peut être lourd... dit-il en tirant un gros sac entre ses dents. Je ressemble peut-être à une baleine, pffffff, mais je suis loin d'être un chien de traîneau !

— Laisse-moi t'aider ! répond Charivari à son ami. Les choses avanceront rondement si nous sommes deux à tirer sur le gros morceau de...

— CHUT ! fait Herminette sans lui donner le temps

d'accepter son offre. Silence ! Même s'ils dorment encore, ils nous entendent peut-être !

Charivari s'élance vers Cachalot. Maladroit, il se cogne contre la fusée. L'engin bascule dangereusement vers la gauche, puis vers la droite, et encore vers la gauche, sous nos yeux affolés.

— Mon doux ! Ça va tomber !

En prononçant ces mots, la fusée s'effondre dans la neige poudreuse. Poussée par l'impact, elle descend rapidement vers le ravin.

— Viiiiite ! Arrêtez-la !

Effrayé, je crie à tue-tête. Mais la fusée glisse de plus belle, et nous courons derrière à toute jambe pour la rattraper. Roméo, toujours endormi dans la cabine, va sûrement se réveiller bientôt…

Heureusement qu'il a son petit coussin rouge pour amortir les coups, pense Herminette. *Le pauvre !*

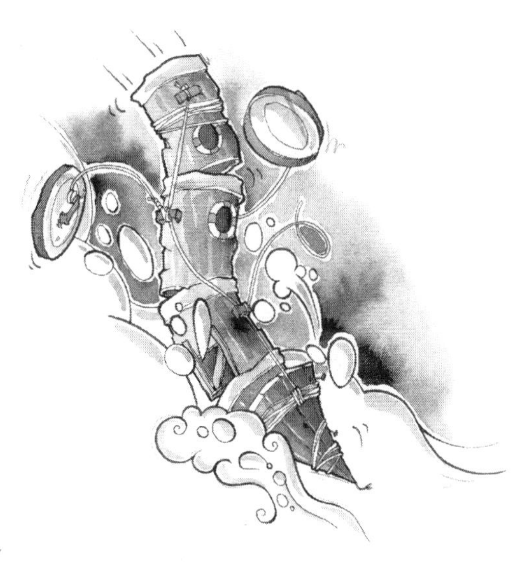

Dans une fuite effrénée, l'engin se dirige droit vers la voie ferrée. Ouf ! Il y a une clôture ! Et celle-ci est recouverte de neige molle ! La fusée file à toute vitesse, emportée par son élan, jusqu'à l'obstacle qui la fait miraculeusement se redresser le nez vers le haut et effectuer… un atterrissage parfait !

Shawinigan, Chamaille et moi, nous nous empressons de monter à l'intérieur de la nacelle afin de jeter un coup d'œil sur Roméo, toujours endormi et intact. Dans la cabine, juste à ses côtés, nous déposons l'énorme morceau de lune, savamment tranché.

Mission accomplie. Avant de retourner chez nous, nous donnons tous une tape amicale dans la patte d'Hector et d'Herminette qui, encore une fois, ont prouvé leur ingéniosité.

13

Douce moitié

À son réveil, Roméo a très mal à la tête, surtout à l'endroit où il découvre une grosse bosse.

— Ça doit être à cause du voyage dans l'espace…

Sans bouger, il s'assure d'avoir encore tous ses membres : quatre pattes, une longue queue touffue, des poils ébouriffés. Même ses moustaches frisées ne sont pas abîmées. Puis, une odeur lui pique le nez. Il renifle autour de lui puis trouve le morceau de lune, à ses côtés…

Tout heureux, Roméo sort de la fusée sous une pluie d'applaudissements. Nous l'attendions depuis un bon moment déjà.

— Bravo au premier chat astronaute ! BRAVO !

— Euh… fait Roméo, très confus. Je ne me souviens de rien…

— Mais c'est normal, lui répond Hector. C'est toujours ainsi quand on va sur la lune !

— Et Juliette ? Où est-elle ? demande l'intrépide chat.

— Je suis ici, mon tendre matou, dit-elle en accourant vers lui. Tu es mon héros…

— Je t'ai apporté un morceau de lune, mon éblouissante étoile filante. Regarde !

Le soir même, le bel amoureux organise un repas en tête-à-tête avec sa jolie. Les étoiles brillent comme des bulles de champagne. Bien assis sur une couverture, avec une coupe de jus de framboise, Roméo offre un morceau de lune à Juliette, qu'ils dégustent à belles dents.

Cachés derrière des sapins enneigés, Shawinigan et moi les observons avec grande fierté. Non seulement Roméo a de nouveau gagné le cœur de sa dulcinée, mais Chanelle a été adoptée par la famille de Carmen. En plus, nous nous sommes fait plusieurs nouveaux amis…

— Atchou ! fait la frileuse Juliette.

— Tiens, ma jolie Juju, lui chuchote encore Roméo avec tendresse. Enroule le bout de ma queue autour de ton cou.

— Tu me couvres d'attentions, mon tendre amoureux. Tu me protèges, tu me réchauffes et tu m'apportes un morceau de lune ! Je t'aime !

Au ciel, la demi-lune brille comme jamais. Roméo et Juliette plantent leurs petits crocs amoureux dans la chair fromagée de l'autre moitié, si difficilement rapportée en gage de leur amour.

TABLE DES MATIÈRES

Isabelle Larouche

Native de Chicoutimi, près de la nature et des grands espaces, Isabelle Larouche a toujours gardé un contact étroit avec le monde imaginaire. C'est là qu'elle puise son inspiration, ses histoires palpitantes et sa douce magie.

Isabelle écrit depuis qu'elle est toute petite et n'a jamais cessé de le faire. Enseignante pendant une quinzaine d'années, elle a partagé ses trésors d'imagination avec les enfants.

www.isabellelarouche.com

Nadia Berghella

Je suis une gribouilleuse professionnelle ! Une Alice au pays des merveilles, une gamine avec un pinceau et des ailes... Donnez-moi des mots, une histoire, un thème ou des sentiments à exprimer. C'est ce que je sais faire... ce que j'aime faire ! De ma bulle, j'observe la nature des gens. Je refais le monde sur du papier en y ajoutant mes petites couleurs ! Je sonde l'univers des petits comme celui des grands, et je m'amuse encore après tout ce temps ! Je rêve de continuer à faire ce beau métier, cachée dans mon atelier avec mes bas de laine et de l'encre sur les doigts.

www.nadiaberghella.com

Achevé d'imprimer
en décembre deux mille quatorze, sur les presses
de l'imprimerie Gauvin, Gatineau, Québec